Couac, la petite cane

Aux jeunes auteurs
de Brandon School Division #40
B.G. et K.M.D.

Données de catalogage avant publication (Canada)

Gibson, Betty
  [Story of Little Quack. Français]
Couac, la petite cane

Traduction de : The story of Little Quack.

I. Denton, Kady MacDonald. II. Duchesne,
Christiane, 1949- . III. Titre. IV. Titre:
Story of little Quack. Français.

P88563.I28S8414 1990 jC813'.54 C90-094447-1
PZ23.G526Co 1990

ISBN 0-590-73575-6

Titre original : The Story of Little Quack

Édition publiée par Scholastic Canada Ltd., 123, Newkirk Road, Richmond Hill (Ontario) Canada L4C 3G5 avec la permission de Kids Can Press Ltd.

342   Imprimé à Hong-Kong   234/9

Couac, la petite cane

Betty Gibson

Illustrations de Kady MacDonald Denton

Texte français de Christiane Duchesne

Scholastic Canada Ltd.
123, Newkirk Road, Richmond Hill (Ontario) Canada

Gabriel vit sur une ferme avec sa poule Cloc et son chien Ouaf, le poney Jo et une vache maladroite nommée Jonquille. Mais Gabriel se sent bien seul.

Cloc passe tout son temps à pondre des oeufs. Ouaf suit le père de Gabriel partout où il va. Tous les jours, Jo va galoper dans le pré et Jonquille va courir avec les autres vaches. Personne ne joue avec Gabriel.

Un jour, la mère de Gabriel lui apporte une petite cane.

«Je vais l'appeler Couac», dit Gabriel.

Couac est l'amie parfaite. Elle a tout son temps pour jouer avec Gabriel.

Chaque matin, quand Gabriel fait sortir les poules dans la cour, Couac le suit.

Le soir, quand Gabriel va chercher les vaches,
Couac l'accompagne. Quand Gabriel va se baigner
dans l'étang, Couac nage à ses côtés.

Gabriel ne se sent plus jamais seul.
«C'est toi ma meilleure amie», dit Gabriel.

Un jour, Couac et Gabriel partent à l'aventure.
Gabriel amène Couac à l'étable pour lui montrer les
chatons, les petits cochons et les agneaux. Il la laisse
regarder Cloc et ses poussins jaunes.

Puis ils vont jusqu'au pré.

Gabriel montre à Couac l'endroit où l'alouette a bâti sa maison. Il lui montre aussi le nid du rouge-gorge sur la branche de l'érable, et l'arbre creux où vit l'écureuil avec sa famille.

Ils rencontrent Ouaf et Jonquille, mais ni l'un ni l'autre ne font attention à Couac.

Un matin, Gabriel ne trouve pas Couac.

Sa mère l'aide à la chercher, mais ils n'arrivent pas à la retrouver.

Gabriel est très malheureux.

— Elle a peut-être traversé le ruisseau jusqu'à la ferme du Verger, dit le père de Gabriel. Ils ont des canards là-bas. Couac les a sans doute entendus quand vous êtes allés dans le pré. Elle s'ennuyait peut-être.

— Elle ne peut pas s'ennuyer, dit Gabriel. Je suis son ami et je passe mon temps à jouer avec elle.

— Oui, mais elle désire peut-être la compagnie d'autres canards, tout comme tu désires parfois celle d'autres enfants.

Gabriel et son père s'en vont à la ferme du Verger. Et la voilà!

Couac marche vers Gabriel en se dandinant et le suit à la maison.

Tous les matins, Couac attend Gabriel à la porte.
Tous les jours, Gabriel et Couac travaillent et
s'amusent ensemble.

Un jour, Couac disparaît à nouveau. Cette fois, elle n'est pas à la ferme du Verger.

Gabriel essaie de jouer avec les autres animaux. Mais Ouaf court derrière le tracteur, Cloc veille sur ses petits et Jonquille est devenue trop grande pour jouer.

Douze fois par jour, Gabriel dit : «Couac, je voudrais tant que tu reviennes.»

Mais un mois s'écoule, et Gabriel abandonne tout espoir de la revoir.

Un jour, Gabriel marche jusqu'à l'autre bout du pré.
Il va voir le nid de l'alouette et poursuit un papillon.
Il lance des grains de maïs aux marmottes. Jonquille
lui lèche la main et continue sa promenade. Jo essaie
de mâchouiller la chemise de Gabriel et se sauve sur
ses pattes tremblantes.

«Je voudrais tant revoir ma petite cane», se dit Gabriel.

Puis il arrive près du ruisseau.

Couac est là, nageant au milieu de dix petits
canetons duveteux.

Couac sort de l'eau. Gabriel lui donne des grains de maïs. Les canetons sortent eux aussi.

«Couac, couac, couac», font les petits.

Comment ramener Couac et sa famille à la ferme?
Gabriel dépose les canetons tout mouillés dans son
vieux chapeau de feutre et les ramène à la maison.

«Regarde, maman! J'ai trouvé Couac! Elle a eu des bébés!» dit Gabriel.

— Couac ne s'ennuiera plus! dit sa maman.

— Moi non plus, dit Gabriel en remplissant d'eau la vieille baignoire. Maintenant j'ai Couac et ses couaquillons.

Et les petits canetons nagent tout en rond.